KB131300

나도 이젠 물색이다

나도 이젠 물색이다

—

초판 1쇄 2020년 7월 27일
지은이 서숙금
펴낸이 김영재
펴낸곳 책만드는집

—

주소 서울 마포구 양화로3길 99, 4층 (04022)
전화 3142-1585·6
팩스 336-8908
전자우편 chaekjip@naver.com
출판등록 1994년 1월 13일 제10-927호
ⓒ 서숙금, 2020

—

* 본 도서는 2020년 부산광역시, 부산문화재단 지역문화예술특성화지원 부산문화예
술지원사업으로 지원을 받았습니다.

—

ISBN 978-89-7944-729-3 (04810)
ISBN 978-89-7944-354-7 (세트)

책 만 드 는 집   시 인 선 1 4 8

나도 이젠 물색이다

서숙금 시조집

책만드는집

섞으면 어떤 빛깔이 될까?

옹기종기 모여 앉은 섬들

서로 다른 색이지만

언제나 바다는

선물이다.

- 2020년 7월

서숙금

| 차례 |

2부

3부

4부

1부

소슬해라

옛집이 내는 입소리 방문턱 넘어선다

듣는 이 없어도 앓는 소리 아야어여

온 마당 쓸고도 남는 외로움만 소슬해라

외줄타기

내 새끼 잠 깰세라 호롱불 가려놓고

맨발로 뛰다 걷다 숨이 찬 싱거미싱

터지는 엄마의 실밥 단잠마저 삼킨다

빈둥지증후군

빨랫줄에 매달린 꽃무늬 팬티 처연하다
바지랑대 중심축은 평행선을 떠받치고
눈 시린 햇살 저 너머 옆으로 누운 여자

빈둥지 끌어안고 눈빛으로 말을 걸다
화사한 그림일 뿐 너는 어디 있나
강 건너 노을이 물든다 기다림만 길어진다

모모 요양원

익지 못한 잔가지
스스로 떨어내고
밤마다 앓는 소리
앉은 자리가 얼룩이다
어디서 버석거리다
가라앉는 밤인가

바람이 지나가니
햇살도 비켜 앉아
무너져 내리는 건 구석뿐만 아니다
노란 별 뜨고 지는 저기
번져가는 그리움

어둠 자락 당겨 덮고 떡갈나무 떨고 있다
닫아건 빗장 뒤로 밤바람 스쳐 갈 때
버려진 북데기처럼 가벼워서 서럽다

머리는 구석자리 눈빛은 문 쪽으로
허기 같은 이 구렁 무엇으로 메울까
오늘도
열리지 않는 문
돌아눕는
바람벽

담쟁이 여자

북새통 소나기가 빈 가슴 덮쳐와도

마당귀 홀로 앉아 먼산을 바라보며

떨리는 이파리 쥐고 흔들리는 저 여자

죽일 듯 달라붙는 미련을 지우는 일

용케도 버텼는데 빗장 풀어 젖고 있다

질기다 불끈 쥔 손톱 핏줄 다시 돌겠다

막걸리 한 사발

진득하게 기다려도 움트지 않는구나

바람이 밀어주면 묻어서 오려나

어둠이 누웠다 간 곳 새벽은 또 절벽이다

한 사발 막걸리에 아버지 익어가고

얼큰히 취기 올라 쌓였던 시름 두드리다

술잔 속 걸쭉해진 안부 긴긴밤도 허문다

소문

뭉긋하게 달궈도 그 소리에 놀란다
입살에 부대끼다 부풀어서 익어가고

한 됫박
뻥튀기로 터져 여기저기 흩어진다

애 데리고 시집온 새댁의 등뒤로
귓속말 떠돌다가 입방아로 찍어댄다

뿌린 말
손톱만 한데 뜬소문은 한 바가지

남 얘기 재밌다 해도 뒷맛이 서글퍼
들은 말 접어버리니 다시 하얀 식탁보

저녁은

어깨 너머로 낮은 문을 닫는다

마네킹

표정 없는 마네킹 뒤통수가 궁금해

앞태 뒤태 훑어봐도 사는 일은 매한가지

엄살만 한 바구니였다

발소리에 들킨다

기척

이별은 아쉬워도 속삭임은 수천 마디

바람 소리는 남의 것 낮달만 무심해요

행여나, 당신 뒤척임에 산자락만 멀리 가요

꽃그림 한 장

철 지난 갖가지 꽃 이름표를 매달고도
그 파마 얼마 줬소? 한마디가 푸르다
가냘픈
저 제비꽃들
터를 잡은 요양 병실

참 고운 누이였고 포근한 여자였을
통째로 퍼준 사랑 이름도 까먹었다
수많은
두레박질로
말라버린 우물 속

꽃시절 그리운지 허기의 숲을 뒤졌는지
포개진 숱한 날을 밑장부터 뽑아들다
토막 난
꽃그림 한 장
잃어버린 제자리

퍼즐 조각

어머니 손 흔들던 절절한 애착까지

아들의 허리춤에 꼭 붙어 따라간다

어긋난 생의 조각에 맞춰보는 다짐들

마당에 홍시가 익어갈 때 올게요

반쯤 누운 문짝도 기다림에 절망하고

낱낱이 흩어진 기대 바람만 짝을 맞춘다

분수를 보다

오늘만 살다 갈 듯 하루치를 채운다
분수대 앞 저 노인 기억조차 저물어도
솟았다
바닥 친 물방울
하늘까지 닿겠네

벼락 치듯 떨어지니 정신이 번쩍 난다
이것도 불꽃인 듯 기막히게 짜릿해서
부서진
이름이 아른거려
감았던 눈 다시 뜨네

몸살

엎어진 시간들이 자꾸만
길어지고

너는 올 건지 말 건지 예측도
힘든 머리맡

뽀얀 비
천지도 모르면서
마른 땅만 들쑤신다

바느질하는 남자

등짝을 쓰다듬다
솔기가 생겨나고

한 번의 눈짓으로
팔다리 생겨나고

구겨진
주름살들도
허리 펴고 일어선다

땀땀이 뛰어넘던
당신의 긴 하루도

쳇바퀴 돌아가듯
말아서 넘어가니

상처는

상처를 덮고
한 벌 사랑 펼친다

물꼬

수원지 한쪽으로 얼음길 생겨났다
왜가리 멈춰 서서 죽은 듯 갇혀있고
경계를 풀어주어도 발길만 무거운데

서로를 잡아당겨도 가슴은 벽이다
안팎을 마주대도 물살은 제자리고
갈 길을 잃어버린 사내가 멍하게 갇혀있다

2부

돌섬에 가보자

거친 바다 건너온다
부딪혀서 깨진 꿈들

비릿한 모래바람
젖은 발목 붙잡아도

한동안 부푼 가슴은 무너져도 또 쌓인다

오뉴월 해안선에
길게 누운 고동 소리

잘 익은 계절 사이
해당화 속을 다독인다

물거울 그 중심에서 우뚝 서는 나의 섬

공곳이에서

지구가 공전하다 쏟아놓은 별 무리

노란 물결 밭이랑에 앞섶을 푼 새털구름

환하다 수선화 얼굴 들이대는 벌 나비

몽돌해변 발밑으로 숨겨둔 비밀들도

따르락 따르라꼬 밤새도록 굴렀겠다

참 용타 흔들리면서도 젖무덤을 품었네

등구재 그곳

물오른 산모롱이 뜸이 드는 한나절
후미진 골골마다 속살까지 껴안았다

생각도
깊어지는 산
발아래가 파랗다

새끼 찾는 산비둘기 풀숲을 헤집다
바람에 숨죽이고 고개를 갸웃댄다

온종일
서성이는 기다림
혼자 서서 늙는다

만지도*

옆구리만 집적여도 설렘은

북소리다

달달한 귀엣말 어쩌라고

어쩌라고

기어이 파고들어 와

내 사랑아 만지도

* 경상남도 통영시 산양읍 저림리 남쪽 해상에 있는 섬.

몽돌 하루

참 오래 견뎠구나 부대낀 시간들아

누군가 찾아와서 수제비 뜨는 날에

종종종

물 위를 걸어

나도 이젠 물색이다

외도 가는 길

잡은 손 슬쩍 풀자 연애는 끝장났다

포갰던 디딤돌도 단단히 쌓은 담도

지축을 흔들던 바람 무너지는 성벽들

등뼈는 내려앉고 중심선 간곳없어

내장을 쏟아놓고 그 근본 짚어본다

버릴 것 다 비웠더니 바다가 내 입안이다

피아노 계단

높은음자리 찾아서 위만 보고 오르는 길
힘을 실어 눌러봐도 울림 없는 건반들
터지는 신음을 삼켰거나 무게에 터졌거나

99계단 긴 꼬리가 앞바다에 빠졌구나
파도가 가지고 놀던 협주곡은 목이 쉬고
그렇네 서포루 전망대 한 바퀴가 소리였네

나 왔어 어디다가 소리쳐야 들리려나
고운 모습 보고프대서 발끝까지 단장했는데
뭐 이래 내 목소리 빼고 아우성만 가득하잖아

바다의 독백

울만큼 울었을까

썰물이 된 바닷가

부풀던 물거품도

되돌아와 안기는 밤

차갑게 품어본 사랑

칼새 너는 알겠지

거문오름

하늘과 몸 섞은 검은 숲 그늘 아래

풀잎은 내려앉아 공기를 끌어안고

일상은 끈을 놓친 채 무심한 듯 흐른다

팍팍한 내 길 위에 푹신한 융단 깔고

젖은 흙손으로 고요까지 깨우는지

오늘도 달뜬 발걸음 흥얼거리는 콧노래

해거름

살짝만 불어주면 살아날 불씨 같아

산마루 넘어가던

발길도 멈춰 세우고

밑불로 지켜낸 불길 고운 정을 태운다

잊어버리다

오늘 저녁 메뉴는 찌개로 할까요

곰삭은 김치에는 참치캔이 제맛이지

어쩌나 당신도 나도 잊어버린 바다맛

재봉질

앞뒤를 포개놓고 목 꺾어 귀 맞춘다

한 치도 허락 않던 각 세운 모눈종이

세상의 모든 이치는 끊어주고 붙이는 일

보는 눈도 각각이라 느낌도 청실홍실

빈틈을 채워주니 서로를 보듬는다

익숙한 눈대중으로 겹겹이 쌓은 시간

그 카페에 가면

초콜릿으로 흘려 쓴 달달한 말

사랑해

쓰디쓴 찻잔 위로 고백 같은 위로였지

지난날 옮겨놓으니 네가 와락 안겨온다

3부

이별 무렵

수시로 풀다 싸다 머리맡 저 보따리

따뜻한 봄날 오면 못 본 척 떠나려나

온 세상 돌다 온 마음 접은 날개 펼친다

묶인 꽃

갈대가 꽂혀있다 다리만 숨겨놓고

늦가을 입을 막아도 속마음 시끄럽다

중심이 흔들거릴 때 멀리 못 가 울던 사랑

넋두리 뱉어놓고 꽃이삭 쪼개진다

바람에 들락이다 돌담을 넘지 못해

꺾어진 앉은뱅이는 한 묶음 꽃이 된다

수다

동네 병원 긴 의자 대기 순번
늘어지니
나이가 몇인지 고향은
어딘지
말벗이 그리웠던 할머니
길어지는 궁금증

영양주사 한 대로 돌려줄까
젊음까지
사는 거 별거 아녀 쌓인 정
버리는 겨
아침은 그래도 붉다고
말하려다 웃었다

압화

멈춰 선 초시계도 기억은 살아있다
소인도 찍지 않고
추신만 적은 편지

깨어진 추억 뒤편에서 조용히 마른다

꿈같은 꿈이 아닌 새벽잠에 살풋 왔다
꽁꽁 숨은 첫사랑
푸른 것은 풋내가 나

봉분 위 피던 제비꽃 책갈피에 아릿하다

진심이었다

약수터 모퉁이 참꽃이 끝물이다

색이 아직 고와서 물통 가득 채우다
무심히 얼굴 비추니 옛 동무 따라온다
멋모르는 꽃물 속에 우리는 빠졌었지
어느새 저물었다 재촉하는 발걸음

아직은 참꽃이라고 그랬다 진심이었다

쓴소리

여리고 가는 덩굴 안쪽으로 굽어있다

쓴소리 밥을 삼아 한 뼘 더 샹그릴라

한나절 쨍한 햇살이 끌고 가는 꽃멀미

기다림

샅샅이 사랑하면 나한테 그 마음 올까

네가 아직도 들어오지 않은 저녁

여러 번 데우다 식은 졸아버린 네 밥상

소풍

철쭉이 들썩인다 노인대학 꽃놀이길

갓 지은 한솥밥에 단내 품은 흥 한자락

숨죽인 곤드레잎에도 봄물이 드는갑다

사는 일 검불 같다던 노부부 성긴 눈썹

기운 해 끌어안은 입술이 달짝하다

굽은 등 쓸쓸한 어깨도 풍경이 되는갑다

사랑니

푸대접에 이골이 난 어정쩡한 저 빈방
빠져나간 휘파람을 혀끝이 더듬다가

핏물로
메운 볼우물
비릿한 구멍들

우묵한 절구에도 구절마다 속사정
복화술로 곱씹다가 풋물로 짓이긴다

어디서
바람이 오고 있다
잠잠해진 우리 사이

북 치다

맞아야 일어서는
삐딱한 근성이다

엿장수 가위 소리 온 동네 들썩일 때

담 너머
동그란 눈들
은근슬쩍 끼어든다

불러온 배를 두드리자
튀어나온 노랫가락

뜨겁게 끓어올라 이리 돌고 저리 돌아

팽팽한
조임줄 당긴다
누가 이기나 해보자

바코드

기계음 소리에 얼룩말 신이 나고

아버지 둘도 없는 증표 선명한 지문들

끝까지

달아날 수 있을까

어린 시절 둥개둥개

4호선

깜깜한 저쪽으로 떠밀리듯 빨려든다

불안한 눈길로만 방향을 짐작하는

한바탕 소용돌이로 휘감아 도는 블랙홀

울먹이네

철없이 징징대던 바람은 누구였나
햇살의 망설임에 눈 뜬 게 실수였다
골목 안 귀퉁이에서 철쭉이 울먹이네

발등을 내리찍던 나쁜 말 발효된 말
냄새로 맡을 때는 욕이나 할까 말까
꽃잎을 뜯으려다 말고 하늘을 쳐다보네

어제는 절정이고 오늘은 풍경인가
숨지도 맞서지도 않아서 서럽지만
한 송이 꽃으로 피는 일 저절로 되지 않네

떨림

덜 여문 개복숭아 솜털이 보송하다
가슴 털린 떨림은 가지마다
오래가고

봄 내음 쓸어 담는 사내
팔다리가
시큰하다

누군들 오다가다 눈길 준 적 없었을까
풋내 나는 저 절망을 탐한 적도
많았겠지

사랑은 어수룩할 때
열어주는
손길 같다

4부

지금 막

삐걱대는 꽃샘추위 맞물고 질겅대다

어긋난 발걸음에 눈짓 발짓 따로 논다

지금 막

새순이 돋나

사납던 심사 바스락

모래톱

어디서 오는 건지
빙글대는 숨소리

풀숲에 숨어들어
돌 틈새로 목을 빼는

모르는
모퉁이에도 이야기는 꿈틀대고

누굴 향한 발길인가
제자리만 돌다가

느리게 사는 법을
일찌감치 터득했나

소리로
두 귀를 열어 밤낮으로 쉬어 간다

찔레꽃 질 때

뒷동산 덤불 속에 길손이 잡혀있다
후덕한 모양새로 하얀 손 흔들면서
그립다
가시덤불 속
산을 타던 발자국

어디쯤 숨어 필까 그 덤불 뒤적이면
어느 날 밝은 눈과 눈 맞춘 이른 아침
아껴둔
분첩 향기에
두고두고 내 사랑

가을날

속살까지 타오르는 가을이 앓고 있다

붉은 물 떨어지니

젖은 김에 물이 드나

능선을 핥는 노을빛 곁눈질로 뜸이 든다

칡꽃차

뿌리는 깊이 묻어
평생을 숨겨놓고

빛바랜 미농지처럼
꽃잎 피운 한 페이지

까칠한 뼈대 하나로 단맛도 품어본다

세상을 감아올린
주름살 의지 삼아

한 생각만 오로지
곡예로 버틴 날들

해거름 노을빛 안고 마중 나온 십일월

이끼

웅성대는 삿대질이 환청으로 돌아와도

덜 아파 눈물이지 내 청춘 문드러져

습한 곳 이끼였다던 그 할머니 손사래

우수雨水

단비는 차르르륵 대지를 깨워놓고

메마른 구석까지 속속들이 적셔주니

잠자던 세포가 날뛴다 한줄기 설렘이다

수국이 질 때

푸른 나비 한무리
모여서 꽃이었지

곱다시 말라붙다
서러움에 금이 가나

포개진
날개 사이로
구겨지는 눈 코 입

훈김이 빠지듯이
저녁이 접힐 때

손잡고 입 맞추던 골목
꽃술 속에 감췄나

진흙빛

시든 얼굴로

잎들만 무성하다

민들레

가난은 질겨서 대물림 못 벗었지

속사정 다 드러난 개똥밭에 민들레

발자국 남겨볼까나 세상 향해 발을 낸다

골 깊은 길섶에 허드레로 살다가

무너진 마음자리 낮은 곳에 심어놓은

함부로 질긴 날처럼 새로이 돋아난다

일몰

어허이 무거운 짐 내리고 가버리네

헛헛한 울음빛은 보이다 들리다가

노랗게 물든 하늘빛 피다 지는 금잔화

금낭화

꽃술은 뻗어간다 오로지 한 바람

간절한 원을 담아 허공을 붙잡았다

이름표 붙인 소원등 합장하고 선 당신

거미가 사는 법

엉성한 나무에
새집이 생겼다

그물망 걸어놓고
꼼수까지 펼쳐놓고

엉덩이 뭉그적거리며
평수를 불려간다

허공의 길 더듬을 때
새벽은 떠오를까

생각도 방향도
각이 많아 흔들리는데

무허가 살뜰한 계획
품어주는 산동네

구간 끝

간물 밴 비린내가 목젖까지 차오른 날

영정 앞 젖은 섬이 오도 가도 못하는구나

하얗게 잦아든 숨결 혼자 넘는 새벽달

기다리며 때론 솟구치리라!

박진임 문학평론가·평택대학교 교수

1. 물 위를 걷는 시간

지구 위에 나무 한 그루가 쓰러지지 않고 서있을 수 있는 것은 중력 덕분이라고 한다. 사람들이 공중에 떠다니지 않고 나무와 함께 서있는 것도 중력이 존재하기 때문이라고 한다. 사과나무에서 사과를 떨어지게 하는 힘이 지구의 중력이라고 아이작 뉴턴이 말했었다. 지구가 물체를 끌어당기는 힘, 바로 중력의 작용 덕분에 생명은 유지되는 것이리라. 인생 또한 끝없이 땅으로 끌어 내리려는 죽음의 위협적 힘에 저항하고 버텨가는 날들로 이루어진다고 볼 수 있다. 죽음은 때때로 매혹적이기도 한 모양이다. 소용돌이를 이루며 힘차게 흘러 내려가는 강물 앞에서, 혹은 깊고 푸른 소沼를 굽어보다 뛰어든 목숨이 적지 않으니 말이다. 고요와 적막으로 이끄는 죽음의 유혹이 강한 것에 비례하여 죽음을 외면하고 그 파괴적 힘에 저항하며 살아간다는 것은 더욱 용감한 일이다. 강하고 아름다우며 성스럽기까지 하다. 건조하고도 고통스럽기까지 한 삶의 하루하루를 견디며 자연스러운 삶을 완성해 가는 일이란 참으로 아름다운 일이다. 인생에 있어서 기억과 꿈은 삶을 견디어나갈 만한 것으로 바꾸어준다. 기억들은 죽음에 저항할 힘을 우리에게 가져다준다. 맑고 복되고 따뜻했던 날의 기억이 암울하고 추운 현실을 견딜 수 있게 해준다. 안데르센 동화의 성냥팔이 소녀가 생각난다. 성냥 한 개비에 불을 붙일 때마다 환하게 나타나는 것은 바로 기억의 순간들이다. 기억 속의 따뜻한 음식과 사랑하는 사람들의 얼굴이 소녀로 하여금 살을 파고드는 추위를 잠시나마 이기게 해준다. 꿈도 또한 그러하다. 언젠가는 가벼이 허물 벗고 나비가 되어 날아오르리라는 꿈이야말로 나방으로 하여금 고치 속에서 오래 견딜 수 있게 해준다.

땅 아래로 생명을 끌어 내리고자 하는 힘은 주위에 널려있다. 서숙금 시인은 우리 삶에서 하강을 유도하는 그 힘을 예민하게 감지하는 시인이다. 다양한 장면들에서 삶을 힘겹게 만드는 힘의 작동을 발견하고 세세히 그려낸다. 그리고 그 힘에의 저항이 드러나는 순간들을 더 섬세하게 포착하여 재현한다. 소박하고 작은 삶의 내밀한 꿈들을 다양한 메타포를 통하여 그려낸다.「몽돌 하루」를 보자. 바닷가의 돌멩이 한 알을 통해 드러나는 삶의 의지를 보자. 돌멩이가 날아올라 물 위를 건너가는 장면이 보여주는 강한 힘의 솟구침을 함께 지켜보자.

참 오래 견뎠구나 부대낀 시간들아

누군가 찾아와서 수제비 뜨는 날에

종종종

물 위를 걸어

나도 이젠 물색이다
　-「몽돌 하루」전문

　몽돌이란 이름은 참 묘하기도 하다. 그 이름에서 돌멩이에게 주어진 인고의 날들을 고스란히 찾아볼 수 있다. 이름이 몽돌의 운명을 대변하고 있는 듯하다. 바닷가 바위에서 쪼개져 나간 돌멩이들이 몽돌이란 이름으로 함께 모여있다. 동글동글한 얼굴로 서로 닮아가며 함께 동글동글한 노래조차 부르는 듯하다. 숱한 세월 파도가 몰려와 부딪치며 모를 닳게 만든다. 파도는 한번 몰려와 돌멩이들을 때려주고 다시 물러간다. 그랬다가는 새로이 몰려와 또다시 때려주기를 반복한다. 그 파도의 힘에 시달리며 견딘 세월의 덕에 몽돌은 모서리 하나 없이 동그랗고 매끄러운 존재가 된다. 그렇게 닳아서 해를 받으면 반짝거린다. 그런 몽돌이 분쇄되거나 소멸하지 않는 것은 그에게도 꿈이 있기 때문이다. 어느 날 누군가가 그를 집어 수제비 뜨는 날이 바로 몽돌의 꿈이 실현되는 날이다. 바닷물이 지닌 강한 중력의 힘이 그 순간 오히려 수제비 뜨는 일을 가능하게 해주는 고마운 존재가 된다. 중력에 정면으로 맞서는 힘을 지닐 때에만 수제비 뜨는 일이 가능해진다. 그때 몽돌은 비로소 물 표면의 저항력을 지지대 삼아 물 위로 튀어 오를 수 있게 되는 것이다. 수제비 뜰 때 날아오르는 몽돌은 찬란한 비상의 이미지를 보여준다. 한 번 날아오른 다음 바닷물 속으로 뛰어들고 마는 것이 아니라 연이어 작은 포물선을 그려내며 날아간다. 시인은 그 모습을 그려 "종종종// 물 위를 걸어"간다고 노래한다. 징검다리 건너가듯 연속적인 움직임으로 몽돌은 움직인다. 몽돌의 그 궤적은 과연 물 위를 걷는 모습이다. 잰걸음으로 걸어 '종종종'이라는 표현을 가능하게 한다. '종종종'이라는 의태어가 절묘하게 선택되고 배치되어 몽돌의 물수제비뜨기 이미지가 신선하고도 선명하게 완성됨을 볼 수 있다. 그리하여 결국 몽돌은 그 비상의 끝에 바닷물과의 동일화를 이룬다. "나도 이젠 물색이다"라고 부르짖는다. 당당하게 자신을 주장하는 모습을 보여준다. "참 오래 견뎠구나 부대낀 시간들아" 하고 초장은 시작된다. 초장의 그 응집된 시상이 종장의 "나도 이젠 물색이다"에서 활짝 핀 꽃송이처럼 만개한다. 석 줄의 행간에 부린 인생의 상징이 예사롭지 않다. 몽돌이 감내했을 오랜 인고의 시간이 '물수제비뜨기'라는 상승과 부활의 이미지 속에서 한껏 빛을 발한다.

　한 편 시를 읽는 동안 문득 혜경궁 홍씨의『한중록』서사를 연상하게 된다. 아들인 정조의 호위를 받으며 혜경궁이 수원 화성 나들이를 나가던 날의 환한 햇살을 보는 듯하다. 숱한 인고의 세월 뒤에 혜경궁이 느꼈을 감격을 느껴본다. 한강에 놓인 배다리를 가마 타고 건너며 지난날의 고통과 한의 기억 너머로 무지개처럼 피어났을 그 행복감을 그려본다. 아프고 쓰라린 기억이 감격과 영광으로 일순 모습을 바꾸는 시간을 되새겨 본다. 사도세자가 뒤주에 갇혀 죽임을 당하던 날, 아들의 손을 잡고 영조에게 엎드려 세자를 살려달라고 빌던 날, 천둥 치고 벼락 치던 그날들이 변모하여 무지개를 피워낸다. 서숙금 시인의「몽돌 하루」에 드러난 물수제비의 시간도 그러하다. 그 석 줄의 시구에도 사이사이 꿈의 흔적이 배어있다. 참고 견뎌가노라면 고통이 변하여 보석알로 바뀌게 되리니…….「몽돌 하루」의 주제 또한『한중록』의 그런 약속에 다름 아니다. 삶은 고달파도 견딜 만한 것이라고 두 편의 텍스트는 함께 웅변하고 있다.

2. 당기는 힘과 버티는 힘

서숙금 시인은 다양한 텍스트를 통하여 우리 삶에서 드러나는 자연적인 중력과 그에 대한 저항의 길항관계를 그려낸다. 서로 충돌하고 조화를 이루지 못하는 욕망들 사이에서, 혹은 쉽게 해결되지 않는 모순 속에서, 또 더러는 응답 없는 기다림과 바람 속에서 삶은 전개된다. 그 삶의 책갈피마다 섧고도 고운 사연들이 숨어있다. 서로 힘을 겨루고 또 앙버티어 나가다가 때로는 스스로 잦아들기도 한다. 누구에게도 순조로운 삶은 없을 것이다. 누구의 삶도 덜 아프지 않을 것이다. 시인은 스스로, 또 독자에게 그렇게 이르는 듯하다. 함께 마음을 닦으며 삶의 결을 가다듬자고 속삭인다. 「소문」을 보자.

뭉긋하게 달궈도 그 소리에 놀란다
입살에 부대끼다 부풀어서 익어가고

한 됫박
뻥튀기로 터져 여기저기 흩어진다

애 데리고 시집온 새댁의 등뒤로
귓속말 떠돌다가 입방아로 찧어댄다

뿌린 말
손톱만 한데 뜬소문은 한 바가지

남 얘기 재밌다 해도 뒷맛이 서글퍼
들은 말 접어버리니 다시 하얀 식탁보

저녁은
어깨 너머로 낮은 문을 닫는다
　　－「소문」전문

　시인은 텍스트에서 소문의 정체를 찾아내고 그것을 정확한
상징을 통해 드러내는 날카로운 감각을 보여준다. 소문이란
"한 됫박/ 뻥튀기로 터져 여기저기 흩어"지는 어떤 것이라고
이른다. 소문의 정체를 뻥튀기에 견주는 상상력이 놀라울 따름
이다. 손톱만 한 알곡을 통 속에 넣고 열을 오랫동안 가해주면
알곡은 열에 저항하느라 한껏 부풀어 오르다 어느 순간 패배를
인정하고 만다. 저항력이 극에 달한 순간 그만 힘이 다하여 터
져버리게 된다. 그렇게 스스로 증폭되는 힘을 가진 것이 바로
소문이라는 것을 시인은 지적한다. 그리고 그 소문이 지니는
힘에 저항하는 자세를 요구한다. 소문의 근거는 갓 시집온 새

댁의 존재이다. "애 데리고 시집온 새댁"이라는 것이 한 바가지 가득히 담길 만한 뻥튀기의 소재가 된다. 알곡 한 알에 가해지는 엄청난 열과 압력이 그 알곡을 뻥튀기로 바꾸어버리듯 소문 또한 그만큼 강력한 힘을 지닌다. 남다른 삶의 모습을 지닌 여성의 삶에 소문 또한 그녀의 삶을 분쇄할 만한 열과 압력으로 작용할 것이다. 무슨 사연이 있어 애를 데리고 시집을 온 것인지 시인은 설명하지 않는다. 그러나 그녀의 삶은 필경 상처받은 삶이리라.

한강의 소설, 「흰」의 한 구절이 생각난다. 상처에 소금을 뿌린다는 말, 그 말을 실감하게 되는 삶의 어느 순간에 대해 한강은 쓴다. 서숙금 시인 또한 시적 텍스트를 통하여 소문이라는 이름으로 상처에 소금을 뿌리는 일의 비정함과 무참함을 그려낸다. 삶의 미덕이란 상처를 달래고 회복시키는 데 동참하는 일일 것이다. 타자의 아픔에 공감하고 그 상처를 덮어주고 감싸주는 것이 바람직할 터이다. 그러나 사람들은 오히려 자주 남의 상처에 소금을 뿌린다. 한강의 「채식주의자」에서도 볼 수 있듯 인간이 지닌 욕망의 잔혹성은 지구의 중력처럼 자연스럽고도 태생적인 것으로 우리 내부에 자리 잡고 있는 듯하다. 만연한 그런 욕망의 중력을 자각하고 거기에 저항하지 않는다면 약육강식과 야만의 역사는 멈출 수가 없을 것이다. 잔혹과 비정이야말로 인생 다반사가 되어 우리의 삶을 송두리째 삼켜버릴 것이다. "남 얘기 재밌다" 구절은 그런 중력의 자장 속에서

탄생한다. 재미는 인간 욕망이 자연스럽게 작용한 결과로 생성되는 것이다. 그 재미를 경계하지 않으면 누구든 쉽게 동참의 유혹에 끌려들 수 있다. 애써 저항하지 않는다면 이끌릴 수밖에 없는 힘을 지니고 있기 때문이다.

시인은 소극적일지라도 저항하는 자세를 제시해 본다. "들은 말 접어버리"는 것으로 시적 화자는 삶의 고유한 순수성으로 복귀한다. 힘의 소용돌이로부터 벗어나 자신의 원래 모습을 회복하는 것이다. 들은 말 접어버릴 때에야 비로소 눈에 드는 것, 그것은 다름 아닌 "하얀 식탁보"이다. 시인은 "다시 하얀 식탁보"라고 이르며 '다시'를 강조한다. 때 묻지 않은 하얀 식탁보는 때 묻히지 않으려는 마음을 통해서만 하얀 식탁보로 남아 있을 수 있다. 뻥튀기처럼 과장되고 확대된 것은 곧 자신을 서글프게 만든다고 시인은 짐짓 미리 제시한 바 있다. 중력의 힘을 차단한 다음, 그제서야 비로소 편안해지는 마음을 보여준다. 다시 하얀 식탁보를 마주 대하면서 시적 화자는 아름다운 삶의 한 페이지를 지켜내기에 이르는 것이다.

그때에야 삶의 하루는 저물어 막을 내린다. 저녁이 온 것이다. 이제 더는 애써 저항할 필요가 없는 때가 찾아왔다. 버티느라 기운을 탕진하지 않아도 좋을 시간이 찾아온 것이다. 사랑과 화해만이 그런 저녁의 평화를 가능하게 만든다. 깊고도 평온한 밤, 그 밤의 부드러움 속에서 비로소 다음 날을 위한 회복의 힘이 생겨난다. 저녁이 주는 평온과 휴식의 이미지는 파

블로 네루다Pablo Neruda의 시 「이제 당신은 나의 것Now you are mine」에 가장 잘 나타나 있다. 필자 번역으로 그 한 부분을 보자.

지금 당신은 나의 것
내 꿈들 사이에 당신 꿈 거느린 채 휴식에 들길…
사랑도 아픔도 노동도
모두 잠들어야 하는 시간
이제 밤은 보이지 않는 수레바퀴를 돌리기 시작하는데
당신은 잠든 호박석처럼 내 곁에 순결하게 머무네

And now you're mine.
Rest with your dream in my dreams.
Love and pain and work should all sleep, now.
The night turns on its invisible wheels,
and you are pure beside me as a sleeping amber.

네루다가 노래한 저 그윽한 밤의 시간이란 삶의 가장 축복된 시간이다. 모두가 노동을 멈추고 휴식할 수 있는 시간, 아픔은 물론이고 사랑조차도 이제 움직임을 잠시 멈추어도 좋으리라. 저 사랑의 찬가를 보라! 밤이 돌리는 수레바퀴에 실려 꿈속에 펼쳐지는 길을 사랑하는 이와 함께 달콤하게 누리리라는……. 잠들어도 호박석처럼 알뜰한, 그리고 빛나는 존재와 더불어 단

둘이서만 그 길을 갈 수 있는 이는 복되리라. 삶의 자세를 단정히 하고 자신을 잘 가누어가는 이만이 그런 밤의 평화와 휴식을 온전히 누릴 수 있을 것이다. 네루다 시인이 축복된 밤을 노래한다면 서숙금 시인은 그런 밤을 맞기 위한 낮의 삶을 노래한다. 깨어있는 낮 시간 동안 자신의 삶을 알뜰히 돌본 자 앞에서만 죽음을 향한 하강의 힘은 소진하여 물러서게 될 것이다. 보이지 않는 수레바퀴를 돌리는 밤의 시간이 찾아올 때 호박석처럼 단단하고 야무진 존재는 그 밤의 결에 제대로 스며들 수 있을 것이다. 그리고 밤의 고요에 걸맞은 행복한 재충전의 시간을 맞게 될 것이다. 서숙금 시인의 텍스트와 네루다의 텍스트를 나란히 펼쳐둔 채 인생의 낮과 밤을 묵상해도 좋으리라. 낮에는 당당하게 노동하고 아픔과 사랑을 나누리라는 맹세를, 그리고 밤이면 보답처럼 꿈속의 꿈에 들리라는 기대를 가져도 좋으리라.

　시인은 갈등하는 힘들 사이에서 속절없이 흘러가는 세월을 그려내기도 한다. 그 세월에 깃든 삶의 기미를 감지한다. 시간의 흐름과 더불어 사위어갈 수밖에 없는 삶을 그려내고 그 흔적들을 하나하나 짚어본다. 그리고 혹시 남아있는 속사연은 없는지 그 흔적의 소리에 귀 기울인다. 추수가 끝난 들판에서 이삭줍기하듯 허리를 굽혀 잉여적 존재들의 일상을 살펴본다. 「꽃그림 한 장」을 보자.

철 지난 갖가지 꽃 이름표를 매달고도
그 파마 얼마 줬소? 한마디가 푸르다
가냘픈
저 제비꽃들
터를 잡은 요양 병실

참 고운 누이였고 포근한 여자였을
통째로 퍼준 사랑 이름도 까먹었다
수많은
두레박질로
말라버린 우물 속

꽃시절 그리운지 허기의 숲을 뒤졌는지
포개진 숱한 날을 밑장부터 뽑아들다
토막 난
꽃그림 한 장
잃어버린 제자리
　－「꽃그림 한 장」 전문

　여성은 흔히 꽃의 이미지로 재현되곤 했다. 동서양을 막론하고 여성을 호명하면서 꽃의 이름을 사용하는 것은 인류의 오랜 전통이었다. 아이리스와 릴리와 로즈마리와 향란과 영연과 꽃

님이와…… 그 전통을 배경으로 삼아 요양 병실에서 마주친 노인들을 시인은 "가냘픈/ 저 제비꽃들"이라고 부른다. 여성성이 다 소진되고 이미 증발하였어도 그들은 활짝 핀 꽃이었던 날들의 기억을 고스란히 지니고 있다. 그 기억의 힘에 기대어 사는 가냘픈 존재로 남아있다. 그들에게 이제는 꽃이 아니라고 누가 말할 수 있을 것인가? 철 지난 꽃이어도 꽃이었던 기억이 선명하여 그들은 꽃의 습관을 반복한다. 스스로 꽃이기를 거부할 때까지는 꽃일 수밖에 없는 것이다. 한편으로는 여전히 꽃이면서 철이 지났기에 꽃이 아닐 수도 있다. 그들의 존재는 그런 불안정성을 바탕으로 삼고 있다. 시인이 텍스트에 부리는 시어들도 그런 불안을 드러내기 위해 경계를 넘나든다. 철 지난 제비꽃이 꽃임을 확인하는 구절은 "그 파마 얼마 줬소?"라는 인사말이다. 꽃이었던 시절의 인사말을 노인이 되어서도 아직도 바꾸지 않고 있다. 그러나 다시 "꽃시절 그리운지" 혹은 "허기의 숲을 뒤졌는지"에 이르면 그들은 꽃이기를 멈춘 존재로 변모한다. "토막 난/ 꽃그림 한 장" 또한 온전한 꽃이지 못하고 반쯤만 꽃인 그녀들의 모습을 그려낸다. 그들의 경계적 존재성을 부각시킨다. "수많은/ 두레박질로/ 말라버린 우물 속"이라는 말도 그 경계성의 변주된 묘사에 해당한다. 여성들은 전 생애를 통하여 우물 속 물을 푸듯 여러 존재를 거느리며 먹이고 살렸을 것이다. 이제는 수많은 두레박질 끝에 말라버린 우물로 그들은 남았다. "말라버린 우물 속"이라는 표현 속에서 건조하게 바스라져 가고 있는 그들의 육체가 온전히 드러난다.

결국은 "잃어버린 제자리"라는 형용 모순의 말은 특히 주목할 만하다. 그 표현은 노인들의 정체성을 집약적으로 드러낸다. 시인은 그 표현을 통하여 요양병원 노인들이라는 존재가 지닌 여성성의 불안정성을 정확하게 지적한다. 그들의 자리는 과연 어디인가? 시인은 거듭 묻는다. 주체가 주체성을 확립한다는 것은 자신의 자리가 어디인지를 분명히 인지하는 것의 다른 표현이다. 김애란 소설가의 단편, 「그곳에 밤 여기에 노래」에는 "제 자리는 어디입니까?"라는 말이 자주 등장한다. 주인공인 조선족 여성이 반복하는 말이다. 사랑하는 한국인 남성에게 그 말을 중국어로 거듭 가르쳐준다. 그리하여 그녀가 세상을 떠나고 난 후에도 그 의문문은 여전히 그의 기억 속에 머물게 된다. 자신의 자리가 어디냐고 묻는 여성 주인공의 그 언술이야말로 소설의 주제를 드러내는 핵심 요소이다. 그들의 자리는 어디인가? 그들의 제자리는 어디인가? 그 제자리는 아직도 그 자리에 남아있는가? 아니면 이제 잃어버리고 없는 것인가? 잃어버린 제자리는 과연 제자리일 수 있는가? 제자리를 잃어버렸다면 자리는 이제 없다고 보아도 좋은가? 그런 다양한 질문들이 "잃어버린 제자리"에 담겨있다. 잃어버린 제자리는 그러므로 요양병원 노인들의 존재 자체를 대변하는 말이 된다. 철 지난 꽃은 여전히 꽃인가? 말라버린 우물은 우물일 수 있는가? 토막 난 꽃그림은 꽃그림인가, 아닌가? 시인은 거듭 묻고 있다.

　생명 가진 누군들 그렇지 않겠는가? 한때는 두레박 넘치도록 물을 풀 수 있었던 넉넉한 우물이었다가 어느 순간 말라버리는 것. 인생은 누구에게나 그러하다. 밤이 보이지 않는 수레바퀴를 천천히 돌리며 고요와 평온의 시간을 불러오듯 세월의 수레바퀴 또한 낮에도 밤에도 돌고 있다. 그처럼 회전하는 수레바퀴는 결국 우리에게 일순 물기 마르는 시간을 가져다주고 만다. 꽃은 어느 순간 철 지난 꽃이 되고 우물은 마른 우물이 되며 그처럼 생명은 죽음의 힘 앞에 조금씩 무릎을 꿇어가게 될 것이다. 누군들 그 힘에 완강히 저항할 수 있단 말인가?

　서숙금 시인의 텍스트에는 그렇듯 삶의 자연스러운 이치를 긍정하고 수용하는 자세가 또한 잘 드러나 있다.「퍼즐 조각」은 시간의 흐름에 순응하면서 현재를 수용하려는 태도를 보여주는 텍스트이다. 곧게 지켜가야 할 것을 지켜가는 것도 삶의 중요한 자세이지만 어쩔 수 없는 것들을 받아들이는 것도 그만큼 소중한 태도일 것이다. 서숙금 시인은 뜻한 대로 채워지거나 완성되지 않는 퍼즐을 노래한다. 그 퍼즐 조각을 통해 인생의 빈 곳을 노래한다.

　어머니 손 흔들던 절절한 애착까지

　아들의 허리춤에 꼭 붙어 따라간다

어긋난 생의 조각에 맞춰보는 다짐들

마당에 홍시가 익어갈 때 올게요

반쯤 누운 문짝도 기다림에 절망하고

낱낱이 흩어진 기대 바람만 짝을 맞춘다
  －「퍼즐 조각」 전문

  잃어버린 퍼즐 조각은 다시는 회복할 수 없는 것과 채워질 수 없는 것의 상징물이다. 지켜지지 않은 약속과 이룰 수 없게 된 기대와 실현되지 않은 꿈과 환상을 드러낸다. 기다림과 기대가 절망으로 이어질 때 "반쯤 누운 문짝"과 "낱낱이 흩어진 기대"가 그 절망의 등가물이 되어 등장한다. 짝을 맞추지 못해 비어있는 퍼즐 조각의 공간, 거기에 바람 한 줄기가 스치고 지나간다. 마치도 맞추지 못한 기대를 대신 맞추어주기라도 하려는 듯.

  잃어버린 것, 회복할 수 없는 것, 사라져 버린 것! 그 또한 인생을 이루는 중요한 부분들이다. 누군가는 그 상실을 서글프게 노래하고 누군가는 그 상실을 못 본 척 외면한다. 누군가는 상실을 받아들이고 그런 상실의 삶도 소중하다는 것을 보여준다.

다른 누군가는 한사코 거부한다. 인정하지 않는다면 이룰 수 없는 꿈이 연장되기라도 하듯 꿈과 달라진 현실을 멀리한다. 허먼 멜빌Herman Melville의 「필경사 바틀비Bartleby, the Scrivener」는 전자를 생각나게 한다. 기 드 모파상Guy de Maupassant의 「쥘르 삼촌Mon oncle Jules」은 후자를 보여줄 것이다. 주인공 바틀비는 전달되지 못한 편지들을 담당하는 우체부였다. 누군가의 약혼반지가 대상에게 이르지 못한 채 허공 속으로 사라져 버릴 수밖에 없었다는 것을 지켜본 인물이다. 소중한 사랑의 약속이 물거품처럼 사라져 버린 사연을 속속들이 알고 있는 인물이다. 멜빌은 그런 만연한 상실감 속에 일생을 살았을 바틀비의 삶을 탄식한다. 반면 「쥘르 삼촌」은 영락한 삼촌을 외면하는 가족의 모습을 보여준다. 삼촌은 성공해서 돌아와야만 할 존재로서 한 가족의 희망이며 그들의 실현되지 않은 미래를 상징한다. 그런 그가 실패한 모습으로 나타났을 때 가족은 삼촌의 존재에 대해 인지하기를 거부한다. 그러한 부정이야말로 실현될 수 없는 신화로 하여금 여전히 신화로 남아있을 수 있게 만드는 유일한 방법이라고 믿는다. 삶에서 소중한 것이 과연 무엇인지 두 텍스트는 함께 묻고 있다.

서숙금 시인은 멜빌의 전통을 잇는 시인이다. 삶의 연약하고 부서지기 쉬운 속성을 노래한다. 그 연약함이 오히려 삶을 아름답게 만드는 것이라고 노래한다. 홍시가 빨갛게 익어도 실현되지 않는 귀환의 약속을 원망 없이 담담히 그려낸다. 반쯤 누운 문짝과 기대를 낱낱이 흩어지게 만드는 바람을 그려낸다. 그것으로써 텍스트 속에서 상실의 미장센mise-en-scène을 완성한다. 그 장면은 곧 우리 인생의 미장센이기도 하다. 떠나간 이가 돌아오지 않을 것을 알면서도 기다림을 멈출 수 없는 우리의 모습이 거기 있다.

3. 그래도 다시 솟구치리라

「꽃그림 한 장」에서 하강의 기운을 온전히 드러내었다면 서숙금 시인은 「분수를 보다」에서는 다시 상승에의 의지를 보여준다. 요양병원의 풍경 속에 남겨진 삶을 성찰한 것이 전자라면 분수가 상징하는 저항의 기운 속에서 삶의 자세를 다시 가다듬는 모습이 후자에서 드러난다. 두 텍스트는 모두 절정의 시간대가 지나간 뒤의 삶을 그려낸다. 세월의 풍화작용 속에서 얇아지고 바스라져 가는 생애가 그려지기도 하고 그래도 온 힘을 다해 솟구치려는 의지가 찬양되기도 한다.

물은 높은 곳에서 낮은 곳으로 흐르게 마련이다. 중력에 순응하는 물이 물의 길을 이룬다. 분수는 물의 길을 반대로 돌려놓는 문명의 저항 장치이다. 분수는 낮은 바닥에서 물을 끌어올린 다음 하늘로 솟구쳐 오르게 만드는 것이다.

오늘만 살다 갈 듯 하루치를 채운다
분수대 앞 저 노인 기억조차 저물어도
솟았다
바닥 친 물방울
하늘까지 닿겠네

벼락 치듯 떨어지니 정신이 번쩍 난다
이것도 불꽃인 듯 기막히게 짜릿해서
부서진
이름이 아른거려
감았던 눈 다시 뜨네
　-「분수를 보다」 전문

　솟았다 하늘까지 닿겠네……. 중력을 거스르며 날아오르는 물의 비상은 물길을 거슬러 가는 연어의 도약처럼 당당하고 힘에 넘친다. 그 분수 앞에 선 노인의 모습을 시인은 텍스트에 함께 그려 넣고 있다. 기억조차 가물거리는 노인에게 정신이 번쩍 나게 만드는 분수의 힘을 불어넣는다. 불꽃인 듯 기막히게 짜릿함을 느끼도록 만든다. 생명이 남아있는 동안에는 저항을 계속해 나가야 한다고 시인은 다시 다짐하고 있다. 솟구치는 것을 잊지 않는 것이 삶을 대하는 올바른 자세임을 일깨우고 있다. 분수 물이 솟구치는 짧은 순간만이라도 살아있음을 확인

하라고 이른다. 그 짜릿함 속에서 "부서진/ 이름"을 떠올리며 감았던 눈을 떠보라고 외친다. "부서진/ 이름"은 소월의 시를 생각나게 만드는 구절이다. "산산이 부서진 이름이여"로 시작하여 "부르다가 내가 죽을 이름이여"라고 소월은 노래했다. 소월의 그 시상을 이으며 서숙금 시인 또한 잊지 못할 이름과 인생의 의미를 연결한다. 그 이름을 잊지 않는 동안에는 삶은 여전히 소중하다는 것을 일깨운다. 삶의 열정과 욕망이 그 이름의 기억 속에 스며있다고, 그러므로 그 이름으로 인해 삶은 더욱 소중하다고 이른다. 분수는 그런 삶의 에너지를 응축한 상징물이다. 이루지 못한 사랑의 기억을 잃지 않은 채 그 이름을 간직하고 살아가는 것이야말로 분수처럼 멋지게 상승하는 삶이라고 시인은 강조한다. 그처럼 솟구치는 삶의 열정을 보여주는 또 하나의 텍스트로 「돌섬에 가보자」를 들 수 있다.

거친 바다 건너온다
부딪혀서 깨진 꿈들

비릿한 모래바람
젖은 발목 붙잡아도

한동안 부푼 가슴은 무너져도 또 쌓인다

오뉴월 해안선에
길게 누운 고동 소리

잘 익은 계절 사이
해당화 속을 다독인다

물거울 그 중심에서 우뚝 서는 나의 섬
　－「돌섬에 가보자」 전문

　돌섬은 외로이 홀로 떨어져 앉은 작은 섬이다. 그런 돌섬의 이미지는 서숙금 시인의 시 세계를 지배하고 있다고 보아도 좋다. 파도에 늘 부딪히고 그러느라 꿈은 자주 깨어진다고 시인은 이른다. 그러나 시인은 세파에 부대껴도 오롯이 지켜가는 자존감을 보여준다. 결코 놓치지도 양보하지도 않아야 할 삶의 꿈과 기대와 독립의 희망을 단호한 목소리로 노래한다. "부푼 가슴은 무너져도 또 쌓인다"고 이른다. 물거울 그 중심에서 우뚝 서는 나의 섬! 그 섬은 어떤 도전 앞에서도 굴하지 않는 꼿꼿한 삶의 자세를 보여준다.
　사람들의 관심을 끌지도 않을 만큼 작은 섬 하나가 남해안 가까운 바다에 놓여있다. 오랜 세월 그 자리에 그대로 머물러 있다. 오뉴월 해당화는 붉게 피어 계절을 알리고 해안을 돌아가는 배는 고동 소리 울리며 멀어졌다가 다시 다가온다. 꽃은 무심히 피고 배도 그리 무심히 떠가는데 돌섬 하나가 바다를 지키고 있다. 우뚝 서는 나의 섬이라고 서숙금 시인은 그 섬을 노래한다. 삶이 요구하는 욕망의 충돌 속에서 중심을 지키고 균형을 잃지 않고 상승을 꿈꾼다. 한번 휩쓸리면 쉽게 낡아지기 쉬운 시절이다. 세태에 영합하기를 요구받는 시대, 중력의 세기에 휘말려 들지 않도록 버텨가는 삶의 모습들을 서숙금 시인의 텍스트는 거듭 보여주고 있다. 서숙금 시인은 외로운 돌섬의 모습으로 거친 바다를 건너오는 파도를 맞는다. 분수처럼 솟구치려는 열정과 꿈을 잃지 않은 채……

　종종종 물 위를 걸어가는, 물수제비 돌멩이 같은 시인이 서숙금 시인이다. 클리셰cliché, 즉 상투어로 가득한 한국 시단의 바다 위를 종종종 걸어간다. 팽팽한 저항의 힘으로 물의 표면에 맞서고 있다. 그 힘이 줄어드는 순간 돌멩이는 물속으로 빠져들고 말 것이다. 끝까지 종종종 걸어, 가장 긴 궤적을 보여줄 돌멩이 한 알을 꿈꾸어 본다. 삶의 에너지를 끌어모아 분수처럼 솟구치는 시편들에 영롱한 무지개 함께 아른거리기를 빌어 본다.